Cath Modryb Bela

Dee Shulman

Addasiad Llinos Dafydd

Gomer

I Nicola, Bash Bash, Beermoth a Bluebell – D.S.

Cyhoeddwyd gyntaf yn Prydain Fawr gan
Barrington Stoke Ltd, 18 Walker Street,
Edinburgh EH3 7LP dan y teitl *Aunt Bella's Cat*
www.barringtonstoke.co.uk

Cyhoeddwyd yn Gymraeg yn 2009 gan
Wasg Gomer, Llandysul, Ceredigion, SA44 4JL
www.gomer.co.uk

ISBN 978 1 84323 980 2

Ⓑ testun a'r lluniau: Dee Shulman, 2001 ©
Ⓑ testun Cymraeg: Gwasg Gomer, 2009 ©

Mae Dee Shulman wedi datgan ei hawl
dan Ddeddf Hawlfreintiau, Dyluniadau a Phatentau 1988
i gael ei chydnabod fel awdur y llyfr hwn.

Noddwyd gan Lywodraeth Cynulliad Cymru.

Argraffwyd a rhwymwyd yng Nghymru gan
Wasg Gomer, Llandysul, Ceredigion.

Cynnwys

BELA

Seren y ffilm

Fflamgoch

Pennod 1

Modryb Bela

'O, NA! Nid Modryb Bela!' meddaf yn siomedig wrth Mam.

'Wir, Catrin, dwi ddim yn gallu credu fy mod i'n clywed hyn. Byddai'r rhan fwyaf o blant yn ysu am gael treulio diwrnod gyda seren ffilm fel Bela!'

'Pam na alla i fynd i aros at Dad? Fe wnest ti addo.'

Mae Mam yn ochneidio. 'Fe ffoniodd dy dad neithiwr i ddweud nad yw e'n gallu gofalu amdanat ti wedi'r cyfan.'

'Beth am Emma?'

'Mae mam Emma'n dweud eu bod nhw'n brysur y penwythnos yma.'

Mam-gu?

Mae Mam-gu yn Ffrainc.

'Wel, pam mae'n *rhaid* i ti weithio dydd Sadwrn 'ma? Dyw hi ddim yn deg. Ti'n byw a bod yn yr ysbyty.'

'Nawr, Catrin, rwyt ti'n lwcus iawn bod Modryb Bela yng Nghymru ar hyn o bryd, a'i bod hi wedi cytuno i ofalu amdanat ti. Ti'n gwybod nad wyt ti'n ei gweld hi'n aml.'

'Byddai *byth* yn rhy aml. Beth bynnag, pam dydy hi ddim yn Hollywood yn ffilmio?'

'Mae hi'n ôl yng Nghymru ar gyfer yr ymddangosiad cyntaf o'i ffilm ddiweddaraf. Yna bydd hi'n mynd yn ôl i Hollywood eto. Nawr, cer i gasglu dy bethau, bydd hi yma mewn munud.'

'Beth? Mae hi'n dod i'm nôl i?' ochneidiaf.

'Ydy – chwarae teg, 'na garedig yntê? Mae'n mynd â ti i ryw sioe neu rywbeth.'

Ie, y geiriau *neu rywbeth* sy'n fy mhoeni. Gyda Bela, does dim byd yn syml. Pan o'n i'n bump oed, aeth hi â fi ar daith hyfryd iawn i fferm *neu rywbeth*. Ond fferm *iechyd* oedd hi, ac roedd yn rhaid i ni gerdded o gwmpas drwy'r dydd gydag iogwrt ar ein hwynebau.

Pan o'n i'n saith oed, aeth hi â fi i'r ffair *neu rywbeth*. Ond ffair *lyfrau* oedd hi ac roedd Bela yno i werthu ei llyfr *Harddwch Hudol Bela*.

Felly beth yn union fydd y sioe *neu rywbeth?*

Dwi'n taranu i fyny'r grisiau i'm stafell ac yn edrych o gwmpas am bethau y gallaf fynd gyda fi. Dwi'n pacio llyfrau, PSP, pecyn o Rolos, a'm iPod. Yna dwi'n eistedd i lawr ac yn aros.

Pennod 2

Hir yw bob aros

Dyw Modryb Bela byth ar amser. Am ryw reswm, mae hyn wastad yn peri syndod i Mam.

Mae Mam yn ffonio tŷ Modryb Bela, ei ffôn symudol a'i ffôn car . . . dim ateb. Dyw ei hasiant ddim yn gallu helpu, na swyddfa'r wasg chwaith. Felly, mae Mam yn ffonio'r ysbyty yn y diwedd i ymddiheuro y bydd hi'n hwyr iawn yn cyrraedd y gwaith.

'O, wel – bydd yn rhaid i fi ddod 'da ti i'r ysbyty, Mam,' meddaf gan lamu'n hapus tuag at y drws ffrynt.

11

Dyw Mam ddim wedi gadael i mi fynd i'r ysbyty gyda hi ers i mi faglu, a tharo yn erbyn troli oedd yn llawn pedyll gwely, a'r rheiny'n taro i mewn i ryw feddyg ymgynghorol pwysig oedd ar ei daith o gwmpas y wardiau.

'Rown ni un munud arall iddi,' meddai Mam mewn anobaith.

A chi'n gwybod beth? Dwy eiliad cyn i'r munud ddod i ben, mae cloch y drws yn canu. Mae rhywbeth yn dweud wrtha i nad y postmon sydd yno. Dwi'n agor y drws, ac yn sydyn reit dwi'n cael fy mygu mewn ffwr, persawr a chlustlysau swnllyd.

'Caterina, cariad,' ebychodd Modryb Bela. 'Jiw, jiw, beth wyt ti'n wisgo? Cer i newid, ferch, rydyn ni'n mynd allan.'

'Ond Modryb Bela . . .'

'Byddai'r ffrog fach fendigedig 'na anfonais i atat ti ar dy ben-blwydd yn berffaith.'

'OOOnd . . .'

Diolch byth, mae Mam yn dechrau colli'i thymer. 'Bela! Dwi'n hwyr iawn, *iawn*, i'r gwaith. Mae'r ffrog yna roist ti i Catrin pan oedd hi'n wyth oed yn rhy fach iddi, ac os arhosaf yma lawer yn hirach, bydd fy nghleifion yn marw o henaint. Mwynhewch eich diwrnod, y ddwy ohonoch chi, ac fe wela i chi heno. Hwyl fawr.'

Mae hi'n ein gwthio ni allan trwy'r drws ffrynt ac yn camu tuag at ei char.

'O wel,' meddai Modryb Bela, a rhoi'r math o edrychiad sy'n dweud, 'Pam mae'n rhaid i ddynes brydferth fel fi ofalu am ferch fach mor anniben a sgryfflyd â ti?'

Dwi'n aros ar drothwy'r drws yn ddigalon, yn gwylio'r unig obaith am ddiwrnod gwell yn mynd i mewn i'w char ac yn gyrru i ffwrdd.

'Hwyl, Mam!'

Pennod 3

Y Tywysog Ethiopaidd

'Dere 'mlaen, Caterina, fe wna i dy gyflwyno di i Bashir!'

'Pwy yw Bashir?' meddwn.

'Fy Nhywysog Ethiopaidd!'

O na, mae ganddi dywysog yn y car, a dwi ddim yn gallu siarad ei iaith.

Mae gyrrwr yn neidio allan o limo Modryb Bela ac yn agor y drws i mi. Dwi'n syllu i mewn yn nerfus. Mae dyn tal gyda gwallt hir a chlustdlysau'n eistedd ynddo.

Mae ffenestri tywyll iawn i'r car, ond mae e'n gwisgo sbectol haul. Mae'n rhaid mai fe yw'r Tywysog Ethiopaidd mewn *cuddwisg*.

Dwi'n moesymgrymu ac yn mwmian, 'Helô eich Uchelder . . .' Mae rhywun yn chwerthin ac yn torri ar fy nhraws. Modryb Bela!

Mae'r dyn tal yn dechrau piffian chwerthin hefyd.

'Na! Na! Caterina, cariad, Jez yw fy

ysgrifennydd. Mae fy Nhywysog Ethiopaidd yn y fasged yn y fan 'na.'

Dyna pryd y sylwais i ar fasged werdd ar y sedd wrth ochr Jez. Mae Bela'n estyn draw ac yn agor y caead.

'Ond . . . cath yw'r Tywysog Ethiopaidd?'

'Ie, wrth gwrs! Cath Ethiopaidd yw Bashir fendigedig!'

'O – mae'n gath brydferth!' Dwi'n rhoi fy llaw allan i anwesu Bashir, ond mae Jez yn ei gwthio i ffwrdd.

'Fyddwn i ddim yn gwneud hynna, os byddwn i'n ti!' meddai Jez. Mae ganddo acen Americanaidd ddofn ac araf. 'Efallai bod Bashir yn edrych yn brydferth, ond mae'n gas. Edrycha . . .' Mae'n dal ei ddwylo i fyny, a dangos y clwyfau a'r crafiadau i gyd.

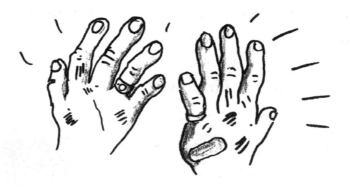

Mae Jez yn edrych i mewn i'r fasged ac yn gwgu. Mae Bashir yn rhythu arno ac yn hisian. Mae'n ysgyrnygu'n fygythiol ac yna'n dechrau chwyrnu fel ci.

'Ti'n gweld beth dwi'n feddwl?' meddai Jez.

'Rho'r gorau i dy gwyno, Jez,' meddai Modryb Bela'n siarp, 'a symuda i fyny er mwyn i Caterina gael eistedd i lawr.'

Dwi'n eistedd ger y fasged ac yn edrych ar Bashir drwy gornel fy llygad. Mae Bashir yn rhythu 'nôl arnaf drwy lygaid melyn, hanner cau. Dyma'r gath fwyaf hynod dwi erioed wedi'i gweld. Ffwr trwchus, o liw glaslwyd hyfryd. Edrychaf eto, ac mae'n dechrau canu grwndi.

Mae'r gyrrwr yn pesychu.

Mmm, Madam — dwi'n meddwl y dylen ni ddechrau ar ein taith neu byddwn ni'n hwyr i'r sioe!

'Mawredd, ti'n iawn – Y Sioe!'

'Pa fath o sioe yw hi'n union, Modryb Bela?'

'Wnaeth neb ddweud wrthot ti, Caterina?' meddai Bela wrth suddo i mewn i'w sedd. 'Rydyn ni'n mynd i Sioe Genedlaethol y Cathod!'

'Sioe gathod?'

'Ie! Mae ganddyn nhw feirniaid o fri yno
i chwilio am y cathod mwyaf prydferth sy'n
bod. Mae Bashir fach ni'n mynd i ennill
rhubanau hyfryd i ni, on'd dwyt ti cariad?'

'Os gall unrhyw un fentro'n agos at
Bashir fach ni!' meddai Jez gan biffian
chwerthin, a gwisgo'i wregys yr un pryd.

Mae'r gyrrwr yn tanio'r injan, ond wrth
i ni gychwyn ar ein taith mae rhywbeth

rhyfedd yn digwydd. Mae Bashir yn neidio
allan o'r fasged yn sydyn, tuag ataf i.

'GOFALUS!' bloeddiodd Jez.

Ond am ryw reswm, does arna i ddim ofn.
Dwi'n estyn fy mreichiau i ddal Bashir.
Mae'n edrych i fyw fy llygaid, ac yna'n
cwtsio'n gynnes yn fy nghôl. Mae'n llyfu fy
llaw, yn edrych arnaf drwy lygaid hanner
cau ac yn dechrau canu grwndi eto.

Mae hyd yn oed Modryb Bela mewn sioc.

'Dyw Bashir ddim wedi gwneud 'na erioed
o'r blaen. Mae'n rhaid bod y gath yn
teimlo'n sâl neu rywbeth.'

22

Pennod 4

Y Sioe Gathod

Mae Bashir yn gorwedd yn fy nghôl yr holl ffordd i'r sioe gathod, yn canu grwndi'n dawel bach, a minnau'n ei chanmol a'i goglais. Dwi ddim eisiau i'r siwrnai yma ddod i ben.

Ond cyn hir, mae'r car yn arafu ac yn stopio, ac mae'r gyrrwr yn neidio allan i agor y drysau. Mae Modryb Bela'n anfon Jez i ffwrdd, gyda'r holl bapurau sy'n nodi hanes y gath, i gasglu'r tocynnau mynediad. Yna mae hi'n fy ngwthio i allan o'r car, yn gwisgo pâr o fenig lledr, trwchus, yn cydio

yn Bashir ac yn camu draw i ganol torf o
bobol.

Ei ffans hi yw'r rhan fwyaf ohonyn nhw.
Mae'n rhoi Bashir i mi, ac yn bwrw ati
i wneud beth mae hi'n ei wneud orau: cael
ei haddoli, rhoi ei llofnod i bobol a fflachio
gwên ddisglair at y camerâu.

Cyn bo hir, mae Jez yn rhuthro 'nôl ac yn tynnu Bashir a fi tuag at gynffon ciw hir o bobl. Rydyn ni'n aros am hydoedd, tra bod Modryb Bela yn mwynhau'r holl ffws yng nghanol ei ffans. O'r diwedd, rydyn ni'n cyrraedd blaen y ciw.

'Reit,' meddai milfeddyg. 'Dere i mi gael cip arnat ti!' Ac mae'n rhoi ei ddwylo allan i gymryd Bashir oddi arnaf i. Mae yna lawer o chwyrnu a chrafu wrth i Bashir wrthod mynd.

'Ti'n gweld, Catrin,' sibryda Jez. 'dyma'r Bashir mae'r gweddill ohonon ni'n ei gweld bob dydd!'

O'r diwedd mae'r milfeddyg yn gadael
i mi ddal Bashir wrth iddo ef wneud yr
archwiliad meddygol. Diolch byth! Rydyn
ni'n cael symud i'r cam nesaf: Cofrestru.

Oni bai am Bashir, byddwn i wedi hen
ddiflasu, ond mae'n llawn hwyl. Mae'n dringo
i fyny ar fy ysgwyddau ac i lawr fy nghefn
ac yna'n troelli o gwmpas fy nghoesau. Yna
mae'n gorwedd i mi goglais ei bola!

Rydyn ni mor brysur yn chwarae fel nad ydw i hyd yn oed yn sylwi bod Jez wedi cyrraedd blaen y ciw tan iddo ddod a chwifio'r papurau o dan fy nhrwyn.

Mae'n llusgo Modryb Bela oddi wrth ei ffans, ac mae dyn sy'n gwisgo bathodyn swyddogol yn ein harwain ni i neuadd enfawr. Yno mae rhes ar ôl rhes o gewyll.

Rydyn ni'n sefyll ger cawell 258 ac mae'r swyddog yn agor y drws. Dydy Bashir *ddim* yn hapus i fynd i mewn.

Mae Modryb Bela'n pwyso yn erbyn y cawell ac yn ceisio denu Bashir i fynd i mewn iddo. Rydw i'n ymladd fy ffordd yn erbyn y llif o bobl. Mae rhai pobl yn brysur yn ceisio rhoi trefn ar eu cewyll a'u cathod. Ffans Modryb Bela yw'r lleill.

Maen nhw'n hofran gerllaw, yn chwerthin
ac yn pwyntio.

Yn sydyn, dwi'n sylweddoli bod rhywun yn
edrych ar Modryb Bela mewn ffordd
wahanol. Menyw greulon yr olwg yw hi, ac
mae'n sibrwd gyda dau ddyn. Dydyn nhw
ddim yn edrych fel rhai sy'n hoffi cathod o
gwbl. Mae'r tri yn edrych draw i'n cyfeiriad ni.

'Modryb Bela!' gwaeddaf mewn panig, ond mae hi'n rhy brysur yn llofnodi ei henw i ddwy fenyw oedrannus oedd gerllaw.

Mae un o'r hen fenywod yn ciledrych i mewn i gawell Bashir. 'Ooo! Ethiopaidd glas yw'r gath 'ma! Dyna hoff gathod y beirniad, Grympolo, yntê, Ruby?'

Mae ei ffrind yn nodio'n llawn cyffro i gyd. 'Fe yw un o'r beirniaid mwyaf enwog, chi'n gwybod. Mae'n anrhydedd fawr i'w gael e yma heddiw!'

Yna mae'n gwichian mewn boddhad.
'Dacw fe, draw yn y fan yna. Dacw fe!'

Dwi'n dechrau ymlacio, pan mae Miss
Milain yn dod draw a syllu'n syth i mewn i
gawell Bashir.

Mae Bashir yn syllu'n ôl. Mae ei ffwr yn codi ac mae'n dechrau chwyrnu'n isel.

'Modryb Bela!' meddaf gan dynnu wrth ei llawes.

'Ddim nawr, ferch,' mae'n hisian. 'Dwi ddim yn gallu clywed beth maen nhw'n ei ddweud . . .'

A WNAIFF POB PERCHENNOG ADAEL EU CATHOD, PLÎS, A MYND I'R ORIEL. MAE'R BEIRNIAID YN BAROD I DDECHRAU . . .

Pennod 5

Cath-gipio

Mae'r dorf yn dechrau symud tuag at y drysau ochr. Mae Bela a Jez yn ymuno â'r llif.

'MODRYB BELA!' gwaeddaf, ond dyw hi ddim yn clywed. Dwi'n edrych o'm cwmpas. Mae pobol ym mhobman, yn gwthio ac yn hyrddio. Mae fy ngreddf yn dweud wrthyf am aros yn y fan a'r lle a gwarchod Bashir. Ond yna dwi'n gweld bod Miss Milain ger drws yr oriel. 'Diolch byth!' meddaf gan ochneidio. 'Mae hi'n mynd!' a dwi hefyd yn cael fy sgubo gyda llif y dorf.

Wrth i mi gyrraedd y drws, dwi'n edrych
yn gyflym i gyfeiriad cawell Bashir. 'NA!'
gwaeddaf wrth frwydro am fy anadl.

Ond yr eiliad honno, mae'r uchelseinydd yn dechrau eto.

Plîs a wnewch chi adael y neuadd mor fuan â phosib. Bydd y gystadleuaeth yn dechrau mewn pum munud . . .

Dwi'n brwydro fy ffordd yn ôl drwy'r dorf, ond erbyn i mi gyrraedd cawell Bashir, mae'r ddau ddyn wedi dianc.

A Bashir hefyd!

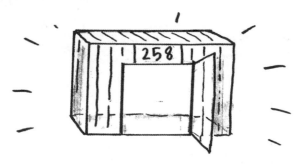

Dwi'n edrych o gwmpas, yn wyllt. Ble yn y byd mae'r ddau wedi mynd â Bashir?

Mewn panig, dwi'n syllu ar draws yr ystafell i gyd. Mae drws yr allanfa dân yn cau'n araf. Dwi'n mentro, ac yn anelu amdano.

Erbyn i mi gyrraedd yno, dim ond rhai pobl sydd ar ôl yn y neuadd. Dwi ddim eisiau tynnu sylw ata i fy hun, ac felly dwi'n gwibio trwyddo'n gyflym.

Mae'r drws yn agor ac mae coridor hir, gwag yn ymestyn o'm blaen i. Does gen i ddim syniad pa ffordd i fynd, felly dwi'n aros ac yn crafu fy mhen. Yna dwi'n clywed rhyw sŵn cyfarwydd yn y cefndir –

Bashir!

Dwi'n dilyn y sŵn mor ddistaw ag y gallaf.

Mae'r chwyrnu'n fy arwain ar hyd dau goridor arall, i lawr y grisiau, trwy ddrysau dwbl – yna CLEP!

Tawelwch.

Beth maen nhw wedi'i wneud i Bashir? Dwi'n rhuthro o gwmpas y gornel nesaf ac yno'n fy wynebu mae drws metel enfawr. Dwi'n ei lusgo fe ar agor, gan ddefnyddio holl nerth fy nghorff, ac yn llwyddo i wasgu trwyddo. CLEP! Mae'r drws yn cau ar fy ôl i.

Mae maes parcio anferth o'm blaen i. Mae fy nghalon fach yn suddo. Gallai'r dynion hyn fod yn unrhyw le. Gallen nhw hyd yn oed fod wedi gyrru i ffwrdd erbyn hyn.

Aros yn cŵl, dywedaf wrthyf fy hun, gan geisio meddwl am gynllun ar yr un pryd. Yn sydyn, mae drws jîp mawr coch yn agor a dwi'n gallu clywed poeri, chwyrnu a rhegi.

'Da iawn ti, Bashir,' dwi'n chwerthin i mi fy hun, wrth ddeifio i guddio tu ôl i fan las. Yna dwi'n clywed lleisiau.

'Dwi wedi cael digon! Cymera di'r anifail melltigedig. Dwi ddim am aros fan hyn i gael fy rhwygo'n ddarnau. Ta beth, allen ni ddim bod wedi rhoi cyffuriau i'r gath 'ma?'

'Ro'n i'n ofni y byddwn i'n rhoi'r dos anghywir. Mae'n rhaid i'r gath yma aros yn fyw ac yn iach. Mae'n werth arian *mawr*. Welest ti pwy oedd yn berchen ar y gath – y fenyw 'na, Bela be-chi'n-galw. Mae'n enwog, ac yn drewi o arian. Fe fydd hi'n fodlon talu miloedd i gael y gath yn ôl.'

Mae'n codi'i law i daro Bashir, ond alla i ddim edrych. Dwi'n neidio allan ac yn gweiddi 'BASHIR!' Ond wrth i mi daflu fy hun i gyfeiriad Bashir, mae rhywun yn cydio ynof o'r tu ôl.

Pennod 6

Beth nesa?

Nawr, mae pethau'n digwydd yn gyflym iawn.

Mae'r ddau ddyn yn neidio i gefn y jîp gyda Bashir ac yn tanio'r injan. Mae'r fan las dwi wedi bod yn cuddio tu ôl iddi yn tanio hefyd. Dwi'n brwydro i dorri'n rhydd oddi wrth y dyn sy'n dal ei afael arna i.

Mae'r jîp a'r fan yn rhuthro tuag at allanfa'r maes parcio. Mae ofn ofnadwy arna i.

A . . . (llwnc mawr) . . .

Dwi'n ceisio bod yn ddewr. 'Mae 'na bobl yn cadw golwg wrth y gât. Wnewch chi byth llwyddo!' gwichiais.

Dim ond gwenu wnaeth y dyn oedd yn
cydio ynof i. Mae e ar fin dweud rhywbeth
clyfar, ond mae 'na sŵn clecian, ac mae'n
tynnu set radio fach o'i wregys. Y cyfan
dwi'n ei glywed e'n dweud yw, 'NA – dwi'n
deall. Ei fflyshio hi allan.'

Beth mae *hynna*'n ei feddwl? Dyw e ddim
yn swnio'n neis iawn.

Dwi ddim yn mynd i aros fan hyn dros fy
nghrogi. Tra mae e'n siarad, dim ond un

llaw sy'n dal gafael ynof i. Dwi'n cicio'i
figwrn mor galed ag y medraf i, ac yna'n
rhoi plwc sydyn allan o'i afael. Mae e'n dal
yn udo mewn poen wrth i mi ddechrau
rhedeg.

HELP!
HELP!
HEDDLU!
HEDDLU!

Dwi'n cyrraedd y drws metel mawr wrth
iddo ddal i fyny'n dynn wrth fy sodlau.

'Ti mor wyllt â'r gath yna!' meddai.
'Roedd hynna'n brifo!' Ac mae'n rhwbio'i
figwrn, yn amlwg mewn tymer.

'HEDDLU! HELP!' gwaeddaf eto, ond mae'n
rhoi ei law ar draws fy ngheg.

'SHHH,' mae'n sibrwd. 'Fi *yw'r* heddlu.
Swyddog Jarvis, i fod yn fanwl gywir.
A chreda fi neu beidio, dwi newydd dy
achub di! Rydyn ni wedi bod yn cadw golwg
ar y criw yma ers misoedd. Mae'r ddau
ddyn yna'n beryg ac yn cario gynnau.'

'Bashir druan! Beth fyddan nhw'n ei
wneud i Bashir?

'Dim byd. Mae dy gath yn ddiogel. Roedd
pedwar heddwas yn y fan las, ac maen nhw
newydd arestio'r dynion oedd ynddi. Ond
mae'n rhaid i ni fflyshio'r bòs – Nora Stote . . .'

'Miss Milain, chi'n feddwl?'

'Ti wedi'i gweld hi? Fyddet ti'n ei
hadnabod hi eto?'

'Wrth gwrs y byddwn i.'

Edrychodd Swyddog Jarvis yn feddylgar.
'Nawr 'te. Dwi'n hoffi gweld plentyn sy'n

ddewr, a dwi'n hoffi gweld plentyn sy'n "tyff". Ond . . . dyw neidio allan ar ddau leidr arfog ddim yn ddewr nac yn "tyff". Mae'n wirion. Gallet ti fod wedi cael dy ladd, a fyddai hynny ddim wedi helpu'r gath, na fyddai?'

Dwi'n ysgwyd fy mhen.

'Ond . . . nawr dwi eisiau i ti wneud ychydig bach o waith heddlu, go iawn. Bod yn rhan o dîm. Mae Nora Stote yn yr oriel yn gwylio'r sioe. Mae hi eisiau i bawb ei gweld yno, rhag i neb ei chysylltu hi â'r herwgipio. Gan fod y lleill wedi cael eu dal, gall hi gerdded i ffwrdd yn rhydd, a gadael iddyn nhw fynd i'r carchar, a dod o hyd i fwy o ddynion drwg i wneud ei gwaith hi. Felly, mae'n rhaid profi ei bod hi'n rhan o'r cynllwyn. A dyna lle wyt ti'n dod i mewn . . .'

Pennod 7

Y Cynllwyn

Mewn chwinciad, dwi'n cario nodyn mae Swyddog Jarvis wedi'i ysgrifennu, i fyny i'r oriel. Yn ffodus, mae Miss Milain Stote yn eistedd ar bwys y drws, ac mae'n hawdd iawn ei gweld hi. Y cyfan sy'n rhaid i mi ei wneud yw rhoi'r nodyn iddi, a gobeithio nad ydy hi'n amau dim.

Mae'n ei ddarllen ac yna'n dweud yn siarp, 'Pwy roddodd hwn i ti?'

'Dau ddyn,' meddaf, gan geisio edrych yn ddiniwed. A dwi'n disgrifio'i phartneriaid. Mae hi'n syllu arna i eto, yn ailedrych ar y nodyn, ac yn dweud yn dawel o dan ei hanadl, 'Twpsod!' ac yna mae'n gadael.

Mae fy rhan i ar ben, a dwi'n rhoi ochenaid o ryddhad.

Diolch byth!

O na, dwi wedi siarad yn rhy sydyn. Mae Miss Milain yn ei hôl.

'Ferch fach,' meddai drwy'i dannedd, a chydio yn fy mraich, 'mae'n well i ti ddod

gyda fi!' ac mae'n fy llusgo i allan drwy'r
drws.

Y peth cynta sy'n mynd drwy fy meddwl
yw, *Hei! Dwi ddim yn ferch fach. Dwi'n aelod
pwysig o dîm o heddlu dewr!* Ond mewn
gwirionedd mae fy nhu mewn yn corddi a
dwi'n meddwl *O na, dyw hyn ddim i fod i
ddigwydd* . . .

Wrth i ni anelu am y maes parcio, mae
Miss Milain yn siarad. 'Dwi ddim yn
gwybod lle mae fy . . . mmm . . . ffrindiau
i. Bydd raid i ti ddangos i mi.'

Rydyn ni'n mynd trwy ddrws metel enfawr

a dwi'n aros ar y gris, yn meddwl beth i'w wneud nesaf. Dwi'n esgus fy mod i'n ceisio meddwl lle weles i nhw ddiwethaf.

Yna mae jîp coch yr herwgipwyr yn gwichian tuag aton ni, ac mae drws ochr y teithwyr yn agor. 'Dere mewn, yn gyflym!' sibryda llais dyn. Dyw Miss Milain ddim yn oedi i feddwl. Mae'n fy ngadael i'n rhydd ac yn diflannu i mewn i'r jîp. Mae'r jîp yn gwibio i ffwrdd.

Dwi'n sefyll yno ar y gris, mewn penbleth. Beth sy newydd ddigwydd? Efallai nad heddwas go iawn oedd Swyddog Jarvis wedi'r cyfan. Doedd e ddim mewn gwisg swyddogol, a ddangosodd e mo'i fathodyn i mi. Efallai mai un o ddynion eraill Miss Milain ydy e, a dwi newydd eu helpu nhw i ddianc!

A beth am Bashir?

Pennod 8

Gyda'n Gilydd Eto

Yn sydyn, clywaf sŵn y chwyrnu a'r poeri cyfarwydd. Dwi'n troi ac yn gweld Swyddog Jarvis yn dod tuag ata i gyda Bashir!

Wrth iddyn nhw nesáu, mae Bashir yn hedfan allan o'i freichiau i mewn i fy mreichiau i!

'Diolch byth am hynna,' meddai Jarvis,
wrth iddo fwytho'i ddwylo gwaedlyd.

Mae'r
gath yna'n wyllt!
Dwi'n synnu bod
unrhyw un eisiau
ei herwgipio!

'Ond mae'r herwgipwyr newydd yrru i
ffwrdd!' meddaf.

'Na, na – roedd dau o'n *swyddogion ni* yn
y jîp. Rydyn ni newydd arestio Nora Stote,
diolch i ti!'

Dwi'n gwenu. Yna dwi'n rhoi cusan fach i
Bashir . . .

Bashir! . . . Y sioe! . . . Y gystadleuaeth . . .
Fyddwn ni mewn pryd i glywed y feirniadaeth?

Dwi'n rhuthro i mewn i'r neuadd, ac yn
rhoi Bashir yn ôl yn y cawell eiliadau'n
unig cyn i'r beirniad, Grympolo, gyrraedd.

Whiw! Roedd hynna'n agos.

Yn ôl yn yr oriel, roedd hi'n hawdd dod o hyd i Modryb Bela, oherwydd roedd clochdar arferol y ffans o'i chwmpas. Mae Jez yn edrych i fyny wrth i mi faglu ar draws y bobl yn y rhes i'w cyrraedd nhw.

Diflasu, wir!

Pennod 9

Y Pencampwr

'Modryb Bela . . . sori fy mod i wedi diflannu, ond roedd Bashir . . .'

'O, bydd dawel, Caterina. Edrych, mae'r beirniadu wedi dod i ben. Dewch ymlaen, gariadon bach, dewch i ni fynd i gyfri rhubanau Bashir!'

Rydyn ni'n dilyn tra bod Modryb Bela'n gwibio lawr y grisiau.

Pwy yw pencampwr bach Mami, 'te?

'Modryb Bela . . .' meddaf, ond mae Jez yn torri ar fy nhraws.

'Yn anffodus Bela, fy mhwt, dyw dy Dywysog Ethiopaidd ddim wedi ennill unrhyw wobr!'

'Paid â bod yn wirion, Jez . . .' atebodd Modryb Bela, gan chwilio yn y cawell am y rhubanau.

'Ond Modryb Bela,' dwi'n ceisio eto, 'cafodd Bashir y fath sioc, mae siŵr o fod . . .'

Dyw Modryb Bela ddim yn gwrando. Mae hi'n edrych ar y llawr. 'Mae'n rhaid eu bod nhw wedi syrthio i'r llawr!' meddai'n ffyddiog. 'Lawr ar eich pengliniau, y ddau ohonoch chi. Bydd y rhubanau ar y llawr yn rhywle . . .'

Rydyn ni'n gweld blew cath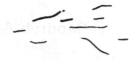

darn pum ceiniog

Starburst blas mefus.

Ond dim un rhuban.

'Fydda i ddim yn hir yn sortio hyn allan!'
meddai Modryb Bela. Ac mae'n camu'n
hyderus drwy'r dorf tuag at fwrdd y
beirniad.

'Bela,' meddai Jez mewn anobaith. 'Dwi
ddim yn meddwl . . .'

Ond mae Modryb Bela bron â chyrraedd
y bwrdd yn barod. Rydyn ni'n ei dilyn â'n
cynffonnau rhwng ein coesau.

'Esgusodwch fi!' meddai, gan gyffwrdd
ysgwydd Grympolo, y beirniad. 'Does dim
rhuban ar gawell fy Nhywysog Ethiopaidd
prydferth i. Dwi'n cymryd mai camgymeriad
syml sydd wedi digwydd, ac y bydd yn
hawdd gwneud yn iawn amdano.'

Mae Grympolo'r beirniad yn gwgu'n gas.

'Nawr, a wnewch chi ddychwelyd at
eich cath, achos rydyn ni ar fin cyflwyno'r
tlysau . . .' Mae'n cydio yn y meicroffon ac
yn dechrau'r seremoni wobrwyo.

Mae Grympolo, y beirniad, yn gwneud
dau gamgymeriad mawr.

Y cyntaf yw ei fod e'n meddwl y bydd
Modryb Bela'n ufuddhau iddo. A'r ail yw ei
fod wedi troi'r meicroffon ymlaen. Mae
ganddo amser i glirio'i wddf, cyn bod
Modryb Bela yn dechrau bytheirio.

SYR!

Mae ei llais yn atseinio ar draws y neuadd sydd mor dawel â'r bedd.

DWI'N ERFYN ARNOCH CHI I EDRYCH ETO AR BASHIR DRUAN. DWI'N SIŴR BOD Y RHUBAN SYDD I FOD YN Y CAWELL WEDI MYND AR GOLL. YN WIR, FYDDWN I'N SYNNU DIM PE BAI PERCHENNOG RHYW GREADUR LLAI HAEDDIANNOL WEDI'I DDWYN E!

Ac mae'n edrych i gyfeiriad y gath ddi-flew.

Dyw Grympolo ddim y math o berson y byddai rhywun fel arfer yn cydymdeimlo ag ef. Ond wrth iddo sefyll yn y fan honno'n geg agored, mae e'n edrych fel pysgodyn allan o ddŵr. O'r diwedd, mae Grympolo'n cau'i geg, yn cydio yn ei glipfwrdd ac yn gadael i Modryb Bela ei arwain i ffwrdd.

Pennod 10

Y Feirniadaeth Olaf

'Dyma fe!' cyhoedda Modryb Bela'n fuddugoliaethus. 'Prydferth, tydi?'

Mae Grympolo'n edrych drwy ei nodiadau. 'Mmm . . . aaa . . . ie . . . Rhif 258?'

'Ie, ie!' atebodd Bela'n frwdfrydig.

'Mmm . . . gadewch i mi weld . . . Ethiopaidd Glas . . . fy hoff frîd, fel mae'n digwydd . . .'

63

'Ie, dwi'n gwybod hynny,' meddai Modryb Bela gan wenu'n gynnes arno.

'Ond . . .' meddai Grympolo. 'Mae'r gath 'ma yn enghraifft druenus o Ethiopaidd Glas.'

'BETH?' poera Modryb Bela.

'WIR!' meddai Bela, a'r stêm yn tasgu o'i chlustiau. Ac yna mae'n ychwanegu dan ei hanadl, 'Rych chi'n un pert i siarad!'

'Dylai'r trwyn Ethiopaidd fod yn lluniaidd,' meddai Grympolo, 'ond mae wyneb y gath yma . . . sut alla i ei ddisgrifio? Mae'n . . . fflat!'

'Paid â gwrando arno fe, Bashir,' meddai Bela, gan osod ei dwylo dros glustiau'r gath.

'Ond, wrth gwrs, y broblem fwyaf gyda'r anifail yma yw ei gymeriad,' meddai Grympolo o dan reolaeth lwyr. I brofi'i bwynt, mae'n dangos ôl y dannedd ar ei law.

'Gallwn i hawlio costau petawn i'n dymuno!' meddai gan edrych o gwmpas ar y gynulleidfa sy'n twt-twtio mewn cydymdeimlad. 'Nawr, os caf i barhau, rydyn ni'n rhedeg yn hwyr . . .' ac mae'n anelu am fwrdd y tlysau, a'r swyddogion yn ei ddilyn.

Pennod 11

Carchar

'Dewch ymlaen!' gorchmynna Bela. 'Dydyn ni ddim yn aros yn y digwyddiad gwirion yma eiliad yn rhagor.' Ac mae'n ein sgubo ni tuag at y drws.

Ond, yn sydyn, mae rhywun yn ei rhwystro. Ac yno, yn sefyll o'i blaen, mae Swyddog Jarvis gyda thri heddwas mewn dillad swyddogol.

'Beth ar y ddaear sy'n digwydd?' meddai Modryb Bela. Mae'r neuadd wedi tawelu eto. Mae pob llygad yn troi i'n cyfeiriad ni.

'Mae'n rhaid eich bod chi'n ymwybodol bod rhywun wedi ceisio herwgipio eich cath chi lai na hanner awr yn ôl?'

'Am beth yn y byd ydych chi'n sôn, ddyn?' holodd yn syn.

'Diolch i'ch nith fan hyn, ac i'w dewder, ei sgìl a'i gallu i gydweithio gyda ni, rydyn ni wedi llwyddo i atal yr herwgipio ac arestio'r tri dihiryn oedd yn gyfrifol!' Teimlwn fy hun yn cochi.

Mae yna waedd uchel yn codi o'r dorf.

Yn sydyn reit, mae ffotograffwyr a gohebwyr yn tyrru o'm cwmpas!

Mae'r camerâu'n fflachio, a'r cwestiynau'n saethu o bob cyfeiriad. Mae 'mhen i'n troi.

Mae Modryb Bela, yn y cyfamser, yn cynnal ei chyfweliadau ei hun:

O ydw, wrth gwrs, dwi'n treulio pob munud posib gyda fy nith annwyl . . .

Rydyn ni ar y ffôn gyda'n gilydd trwy'r amser, yn chwerthin . . .

Fy nghartref i yw ei chartref hi — mae'n dwlu dod i aros gyda fi, rydyn ni'n cael cymaint o hwyl gyda'n gilydd!

'Caterina, siwgr-candi – dere i dynnu dy lun gyda fi a Bashir. Byddi di'n enwog wedyn!'

Pennod 12

Ymwelydd

Y bore wedyn, dwi'n eistedd wrth fwrdd
y gegin, yn darllen amdana i fy hun yn
y papur, pan mae cloch y drws yn canu.

Yn anfodlon iawn, dwi'n rhoi'r papur newydd i lawr ac yn mynd i ateb y drws . . .

CLATSH! Dwi'n cael fy nharo gan rywbeth caled a gwyrdd.

Mae 'mhen i'n troi wrth i mi edrych i fyny a gweld Modryb Bela'n sgubo heibio i mi, â basged werdd yn ei llaw.

'Modryb Bela?' meddaf, gan rwbio fy mhenelin.

Mae Modryb Bela'n aros yn stond ac yn troi'i phen.

Dyw hi ddim yn aros am ateb. 'Dim ots, cariad. Nawr gwranda. Mae'n rhaid i Jez a finnau hedfan 'nôl i Hollywood heddiw, ac mae fy morwyn yn gwrthod gofalu am Bashir i mi.'

'Mmm . . . Beth? Gofalu am Bashir? Fi? I-I-I-IE!'

'Bendith arnat ti, cariad. Rhaid i mi fynd – cofion at dy fam. Hwyl . . .'

Dwi'n sefyll ar drothwy'r drws yn gwylio car crand Modryb Bela'n diflannu i lawr y ffordd. Mae teimlad cynnes yn lapio amdana i.

Mae rhywbeth da ynghylch Modryb Bela wedi'r cyfan – rhywbeth gwirioneddol *fendigedig*. Rhywbeth *cariadus* a *chwtshlyd* a *meddal* ac *arbennig* . . .

'A fyddet ti'n hoffi cael mam-gu newydd?' meddai Tad-cu.

'Roeddwn i'n meddwl y gallet ti fy helpu i ddod o hyd i un.'

Merch y dref ydy Mali. Mae hi'n casáu'r syniad o dreulio wythnos yng nghefn gwlad, yng nghanol 'nunlle gyda Tad-cu. Ond mae angen codi ei galon, a dim ond Mali all wneud hynny. A fydd e'n llwyddo i ennill calon yr hyfryd Alys? Ai hi fydd Mam-gu newydd Mali?

ISBN 978 1 84323 989 5

£4.99

Mae'n ddiwrnod y gêm fawr rhwng Ysgol Cwmbwrla ac
Ysgol Bronaber. Mae Al druan yn gorfod chwarae yn
safle'r gôl-geidwad ac mae popeth yn y fantol. Dwy i ddim
yw'r sgôr ac mae'r chwarae'n ffyrnig. Tybed a fydd Al yn
llwyddo i achub y dydd?

ISBN 978 1 84323 993 2   £4.99